SUAVE MELODÍA

MAYA BLAKE

WITHDRAWN

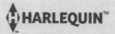

Editado por Harlequin Ibérica.
Una división de HarperCollins Ibérica, S.A.
Núñez de Balboa, 56
28001 Madrid

© 2015 Maya Blake
© 2016 Harlequin Ibérica, una división de HarperCollins Ibérica, S.A.
Suave melodía, n.º 2457 - 6.4.16
Título original: A Marriage Fit for a Sinner
Publicada originalmente por Mills & Boon®, Ltd., Londres.

I.S.B.N.: 978-84-687-7867-9
Depósito legal: M-2987-2016
Impresión en CPI (Barcelona)
Fecha impresion para Argentina: 3.10.16
Distribuidor exclusivo para España: LOGISTA
Distribuidores para México: CODIPLYRSA y Despacho Flores
Distribuidores para Argentina: Interior, DGP, S.A. Alvarado 2118.
Cap. Fed./Buenos Aires y Gran Buenos Aires, VACCARO HNOS.

Capítulo 1

U N RELOJ de platino, un par de gemelos de diamantes, un anillo de oro, seiscientas libras en efectivo... y una tarjeta Obsidian Privilege. Creo que eso es todo, señor. Firme aquí para confirmar que ha recuperado sus cosas.

Zaccheo Giordano no reaccionó ante el despectivo gesto del guardián mientras firmaba el papel. Tampoco reaccionó ante la evidente envidia de su mirada cuando la volvió hacia la limusina plateada que aguardaba tras las tres hileras de alambrado de púas.

Romeo Brunetti, el asistente de Zaccheo y la única persona a la que podía dar el nombre de «amigo», se hallaba junto al vehículo.

De haber estado de otro humor, Zaccheo habría sonreído al verlo, pero hacía tiempo que no estaba de humor para nada. En concreto, catorce meses, cuatro días y nueve horas. Su condena de dieciocho meses se había visto reducida en tres meses y medio debido a su buen comportamiento.

La rabia impresa en su ADN palpitó bajo su piel, aunque no dio ninguna muestra de ello mientras recogía sus pertenencias. El elegante traje con que había ingresado en prisión estaba realmente deteriorado, pero le dio igual. Nunca había sido esclavo de las comodidades materiales. Su necesidad de validación iba mucho más allá. La necesidad de elevarse siempre más allá de sus circunstancias era algo que llevaba impreso en su personalidad desde el momento en que tuvo la suficiente edad para reconocer la realidad de la vida en que había nacido. Una continua vida de humillaciones, violencia y codicia. Una vida que llevó a su padre a la degradación y la muerte a los treinta y cinco años.

Los recuerdos fueron cayendo como piezas de dominó mientras avanzaba por el pasillo hacia la libertad. Tuvo que esforzarse para que la sensación de injusticia que había experimentado durante tanto tiempo no explotara en su interior.

Cuando las puertas se cerraron a sus espaldas, Zaccheo tomó la primera bocanada de aire con los puños y los ojos cerrados. Centró su atención en los pájaros cantando y en el murmullo de los coches circulando por la autopista cercana, como había hecho a lo largo de muchas noches durante su estancia en prisión.

Abrió los ojos mientras se encaminaba hacia la última puerta. Un minuto después, estaba fuera.

—Me alegro de volver a verte, Zaccheo —dijo Romeo, mirándolo con expresión seria y preocupada.

Zaccheo sabía que no tenía precisamente buen aspecto. Hacía tres meses que no se afeitaba y apenas había comido tras averiguar la verdad que se ocultaba tras su encarcelación. Pero había pasado mucho tiempo en el gimnasio de la cárcel. De lo contrario, el afán de venganza habría hecho que se volviera loco.

Ignoró la mirada de preocupación de su amigo y entró en el coche.

—¿Has traído lo que te pedí?

—Sí. Los tres archivos y el portátil.

Mientras Zaccheo se arrellanaba en el cómodo asiento de cuero de la limusina, Romeo sirvió dos copas de coñac italiano.

–*Salute* –dijo tras entregar una a Zaccheo.

Zaccheo tomó la copa sin decir nada, bebió de un trago el líquido de color ámbar que contenía y permitió que el aroma del poder y la prosperidad, las herramientas que iba a necesitar para que su plan funcionara, lo envolviera.

Mientras el vehículo se alejaba del lugar que se había visto obligado a considerar su hogar durante más de un año, tomó el portátil.

Le temblaron los dedos cuando el logo tipo de Giordano Worldwide Inc. apareció en la pantalla. La obra de su vida, prácticamente destruida por la avaricia y el afán de poder. Solo gracias a los esfuerzos de Romeo la empresa no se había hundido durante los meses que Zaccheo había pasado en prisión por un delito que no había cometido. Y no solo no se había hundido, sino que había prosperado increíblemente gracias a Romeo.

Y aunque no había sucedido precisamente lo mismo con su reputación personal, al menos ya había salido de la cárcel y era libre para llevar a los verdaderos culpables ante la justicia. No pensaba descansar hasta que el último responsable por tratar de destruir su vida pagara con su propia destrucción.

Exhaló el aire cuando la primera imagen apareció en la pantalla.

Oscar Pennington III. Pariente lejano de la familia real. Educado en Eton, rico, de rancio abolengo, pertenecía al *establishment* británico, a las clases dirigentes. Un hombre avaricioso, sin principios. Sus empresas habían recibido una imprescindible inyección de capital hacía exactamente catorce meses y dos semanas, cuando se convirtió en el único dueño del edificio moderno más relevante de Londres: el Spire.

Zaccheo revisó con aparente frialdad el informe de las innumerables celebraciones que habían seguido al aparente triunfo de Oscar Pennington. En una de las fotos aparecía con una de sus dos hijas. Sophie Pennington era una mujer de belleza clásica que iba camino de convertirse en una copia exacta de su padre.

Zaccheo cerró el archivo y abrió el último.

Eva Pennington.

En aquella ocasión, Zaccheo no pudo evitar un gruñido.

Pelo de color rubio caramelo que caía por sus hombros en densas oleadas. Unas oscuras cejas y pestañas enmarcaban unos ojos de color verde musgo, unos ojos que atrajeron la atención de Zaccheo con más fuerza de la que habría querido la primera vez que la vio, al igual que sus carnosos y arqueados labios, casi siempre curvados en una seductora sonrisa. Y aunque la foto solo mostraba su rostro, la imagen del resto del cuerpo de Eva Pennington estaba indeleblemente grabada en la mente de Zaccheo. No tuvo que hacer ningún esfuerzo para recordar sus redondeadas formas, o los tacones que se obligaba a llevar a pesar de odiarlos para parecer más alta.

Y tampoco tuvo que esforzarse para recordar sus atrocidades. Había pasado mucho tiempo tumbado en su camastro maldiciéndose por haberse quedado asombrado por su peculiar traición, cuando debería haber esperado algo así después del fracaso de sus padres y de sí mismo a la hora de relacionarse con el *establishment*. Solía enorgullecerse de saber leer e interpretar a la gente con gran facilidad, y, sin embargo, aquella mujer lo había engañado.

Apretó los labios y siguió leyendo el detallado informe que tenía sobre las andanzas de Eva Pennington durante el pasado año. Al llegar a la última página, se quedó helado.

—¿Desde cuándo está en el informe esta última parte?

—La incluí ayer. Pensé que te interesaría —contestó Romeo.

Zaccheo volvió a mirar el periódico sin mostrar su conmoción.

—¿Vamos a la casa de Esher o al ático? —preguntó Romeo.

Zaccheo volvió a leer el informe para asimilar los detalles principales. *Mansión Pennington. A las ocho de la tarde. Trescientos invitados. Seguido de una comida familiar el domingo en el Spire.*

«El Spire...». El edificio que debería haber sido su gran logro.

—A la casa —replicó.

Cerró el archivo mientras Romeo daba la orden al chófer.

Zaccheo trató de relajarse, pero no lo consiguió. No le iba a quedar más remedio que alterar sus planes.

«Una cadena es tan fuerte como su eslabón más débil». A pesar de que los tres Pennington habían colaborado para encarcelarlo, aquella información exigía el empleo de una nueva táctica. En cualquier caso, no pensaba parar hasta arrancarles lo que más querían: su dinero y su bienestar económico.

Había planeado esperar un día o dos para asegurarse de tener a Oscar Pennington donde quería para asestarle el golpe, pero aquel plan ya no era viable. No iba a poder esperar hasta el lunes para hundir a la familia que lo había convertido en un delincuente.

Tendría que ocuparse de ello aquella misma noche.

Empezando por el miembro más joven de la familia: Eva Pennington.

Su exprometida.

Eva Pennington se quedó mirando el vestido que sostenía su hermana.

–¿Lo dices en serio? No pienso ponerme eso. ¿Por qué no me habías dicho que la ropa que había dejado aquí ya no estaba?

–Porque cuando te fuiste dijiste que no la querías. Además, ya estaba anticuada. Esto me lo han enviado esta misma mañana desde Nueva York. Es el último grito –replicó Sophie.

–No pienso llevar un vestido que me hará parecer una fulana cazafortunas. Y, teniendo en cuenta el estado de nuestras finanzas, no sé cómo se te ocurre gastar el dinero en eso –Eva no entendía que su padre y su hermana vivieran ignorando el delicado estado de sus finanzas.

–Este vestido es único –insistió Sophie–, y, a menos que me equivoque, es la clase de vestido que le gusta a tu futuro marido que lleven sus mujeres. Además, podrás quitártelo en cuanto tomen las fotos y se termine la fiesta.

Eva apretó los dientes.

–Deja de tratar de manipularme, Sophie. Pareces haber olvidado quién ha conseguido este rescate. Si yo no hubiera llegado a un acuerdo con Harry, nos habríamos hundido en una semana. En cuanto a lo que le guste que se pongan sus mujeres, te habrías ahorrado un gasto innecesario si hubieras hablado conmigo antes, porque yo me visto para mí misma y para nadie más.

–¿Hablar contigo antes? ¿Acaso tuvisteis ese detalle papá y tú conmigo antes de planear todo esto a mis espaldas?

A Eva se le encogió el corazón ante los evidentes celos de su hermana. Como si no hubieran sido suficientes las dos semanas que había pasado agonizando ante la decisión que debía tomar. Daba igual que el hombre con el que había decidido casarse fuera su amigo y que ella lo estuviera ayudando tanto a él como él a ella. El matrimonio era un paso que habría preferido no dar.

Pero era evidente que no era así como lo veía su hermana. El creciente descontento de Sophie con cualquier relación que Eva tratara de forjar con su padre era parte del motivo por el que Eva se había ido de la mansión Pennington. Además, su padre no era un hombre con el que resultara fácil vivir.

Sophie sufría aquellos celos desde siempre. Mientras su madre estuvo viva había sido más fácil aceptar que Sophie era la preferida de su padre, pues ella había sido la preferida de su madre. Pero, cuando esta murió, cada vez que Eva había tratado de relacionarse con su padre se había encontrado con la indiferencia de él y los celos de Sophie.

Pero, por irracional que fuera, aquello no impidió que Eva tratara de razonar con la hermana a la que en otra época había admirado.

–No planeamos nada a tus espaldas. Estabas fuera por un viaje de negocios...

–Tratando de utilizar el título de economista que ya no parece significar nada. No si tú puedes presentarte aquí así como así después de haberte pasado tres años interpretando viejas baladas en sórdidos tugurios para pasar el día –replicó Sophie con aspereza.

Eva refrenó su genio con esfuerzo.

—Sabes que renuncié a seguir trabajando en Pennington porque papá solo me contrato para que atrajera a un marido adecuado. Y solo porque mis sueños no coincidan con los tuyos...

—Ese es precisamente el problema. Tienes veinticuatro años y sigues soñando. El resto de nosotros no podemos permitirnos ese lujo, y tampoco caemos de pie como tú, que solo has tenido que chasquear los dedos para que un millonario resuelva nuestros problemas.

—Harry nos está salvando a todos. ¿Y de verdad crees que he caído de pie por haberme comprometido por segunda vez en dos años?

Sophie dejó caer en la cama el vestido que sostenía.

—De cara a quienes importan, este es tu primer compromiso. El otro apenas duró cinco minutos. Prácticamente nadie sabe nada al respecto.

—Yo sé que sucedió.

—Si mi opinión sigue contando para algo, sugiero que no lo divulgues. Es mejor dejar el tema en el pasado... como al hombre implicado.

—No puedo fingir que no pasó nada.

—Lo último que necesitamos ahora es un escándalo. Y no sé por qué culpas a papá de lo que sucedió cuando deberías estarle agradecida por haberte librado de ese hombre antes de que fuera demasiado tarde —defendió Sophie acaloradamente.

«Ese hombre».

Zaccheo Giordano.

Eva no sabía si el dolor que estaba experimentando se debía a él o al recuerdo de lo ingenua que había sido al imaginarse que era diferente a todos los demás hombres con los que se había cruzado.

Y precisamente por eso prefería vivir alejada de su hogar familiar de Surrey.

Por eso sus colegas camareras la conocían como Eva Penn, camarera en el Siren, el club nocturno londinense en el que también cantaba, y no como a lady Eva Pennington, hija de lord Pennington.

La relación que había mantenido con su padre siempre había sido difícil, pero nunca había pensado que llegaría a distanciarse tanto de su hermana.

—Con mi acuerdo con Harry no he pretendido sabotear nada de lo que estuvieras haciendo con papá para salvar Pennington —dijo en el tono más conciliador que pudo—. No tienes por qué disgustarte o ponerte celosa. No estoy tratando de ocupar tu lugar...

—¡Celosa! ¡No seas ridícula! —le espetó Sophie, y el matiz de pánico de su voz hizo que Eva sintiera que se le rompía el corazón—. Además, nunca podrías ocupar mi lugar. Soy la mano derecha de papá, y tú no eres más que... —se interrumpió y, tras unos segundos, alzó la nariz en el aire y añadió—: Los invitados no van a tardar en llegar. No debes retrasarte el día de tu propio compromiso.

Eva se tragó su tristeza.

—No tengo intención de llegar tarde. Pero tampoco tengo intención de llevar un vestido prácticamente invisible —dijo a la vez que se encaminaba hacia el enorme armario que había a los pies de la cama.

Suspiró aliviada al encontrar un chal de seda. El vestido rojo era demasiado descocado, pero con el chal podría disimularlo un poco. Se estremeció de nuevo al mirar el vestido. Habría preferido estar en cualquier otro sitio antes que participando en aquella farsa. Pero ¿acaso no había sido toda su vida una farsa? Desde unos padres que representaban socialmente la pareja perfecta, pero que discutían amargamente en privado, hasta las exóticas y carísimas vacaciones que su padre solía financiar pidiendo dinero prestado en secreto, los Pennington habían sido tan solo una gran farsa desde que ella podía recordar.

Y la entrada de Zaccheo en sus vidas solo había servido para que el comportamiento de su padre empeorara.

Pero se negaba a pensar en Zaccheo. Pertenecía a un capítulo de su vida que tenía firmemente enterrado. Aquella noche se trataba de Harry Fairfield, el salvador de su familia, el hombre con el que no iba a tardar en comprometerse.

Además, también estaba en juego la salud de su padre. Solo por ese motivo trató de hablar de nuevo con Sophie.

–Por el bien de papá, quiero que esta noche vaya todo sobre ruedas, así que ¿qué te parece si tratamos de llevarnos bien?

–Si tratas de recordarme que papá tuvo que ser hospitalizado hace dos semanas, no lo he olvidado –dijo Sophie, tensa.

–Pero hoy está bien, ¿no? –preguntó Eva, que, a pesar de lo dolida que se sentía por cómo la había tratado su familia, no podía evitar preocuparse por el único padre que le quedaba.

–Estará bien en cuanto se libre de los acreedores y de la amenaza de ruina.

Eva se dijo por enésima vez que no había marcha atrás. No iba a surgir ninguna solución milagrosa para salvarla del sacrificio que iba a hacer. La precipitada adquisición del edificio Spire por parte de su padre había llevado a su empresa al borde de la bancarrota. Harry Fairfield era su última esperanza.

torso. Los pantalones de chándal que llevaba puestos no bastaban para ocultar sus poderosos muslos y Eva tuvo que apartar la mirada del viril contorno de su hombría presionada contra la suave tela del chándal.

–¿Piensas pasarte el resto de la mañana mirándome? –preguntó Zaccheo en tono burlón.

Eva alzó la barbilla en un gesto desafiante.

–En lo único en que pienso es en mantener una conversación razonable contigo respecto a los acontecimientos de la noche pasada.

–¿Acaso consideras que lo sucedido hasta ahora no ha sido razonable?

–Me he informado a través de la red. Te soltaron ayer por la mañana. Es normal que aún te sientas un poco afectado por tu encarcelación...

–¿Crees que estoy «un poco afectado» por mi encarcelación? ¿Acaso tienes idea de lo que supone estar encerrado en una celda durante más de un año?

Al ver la atormentada expresión que por un momento marcó los rasgos de su rostro, Eva experimentó una involuntaria punzada de compasión. Pero enseguida tuvo que recordarse con quién estaba tratando.

–Claro que no. Pero no quiero que hagas nada de lo que después puedas arrepentirte.

–Tu preocupación por mi bienestar es conmovedora. Pero te sugiero que te ahorres la preocupación para ti misma. Lo de anoche no fue nada comparado con la devastación que se avecina.

La promesa que emanó del tono de Zaccheo hizo que Eva se quedara petrificada.

–¿Y piensas explicarme en qué va a consistir ese inminente apocalipsis? –preguntó con todo el aplomo que pudo.

Zaccheo sonrió sin humor.

—Vamos a desayunar en media hora. Luego veremos si tu padre ha hecho lo que le dije que hiciera.

—¿Y si no lo ha hecho?

—En ese caso, su destrucción está más cercana de lo que se imagina.

Media hora después, Eva tuvo que tomar un sorbo de té para pasar la tostada con mantequilla que había empezado a comer.

Unos minutos antes había entrado Romeo con el mayordomo, que se había ocupado de servirles el desayuno. Zaccheo y él habían hablado un rato en italiano. La sonrisa que curvó los labios de Zaccheo cuando la breve conversación terminó hizo que Eva experimentara una oleada de pánico.

Zaccheo no había dicho nada tras la marcha de Romeo. Se había limitado a devorar un plato de huevos revueltos con champiñones y beicon acompañados de pan italiano.

Cuando, finalmente, Eva se animó a mirarlo, se volvió a sentir conmocionada por el cambio que había experimentado. A pesar de que se había puesto unos elegantes pantalones grises y una camisa azul oscuro, su mirada se vio atraída por la dureza que emanaba de su físico, más parecido al de un gladiador que al de un hombre de negocios.

—Eva —su nombre fue pronunciado en tono autoritario, un tono que Eva habría querido ignorar. Contenía un matiz de triunfo que no quería reconocer. No se sentía capaz de soportar las implicaciones que tenía. No se consideraba una persona acostumbrada a agachar la cabeza, pero si su padre había hecho lo que nadie más. Pero también sentía lástima por Fairfield. Porque el amor, en todas sus formas, era una emoción falsa, una herramienta para manipular a los demás. Las madres declaraban su amor a sus hijos para luego abandonarlos en cuanto se volvían un inconveniente. Los padres aseguraban interesarse por sus hijos por amor, pero, cuando llegaba el momento de la verdad, los primeros eran ellos. A veces incluso olvidaban que sus hijos existían.

En cuanto a Eva Pennington, había demostrado lo desleal que era cuando lo había dejado y se había distanciado de él solo unos días antes de su arresto.

–No pensaba decir nada de eso. Ya he aprendido a no mencionar tontamente la palabra «amor»...

–¿Estabas al tanto? –la interrumpió Zaccheo sin poder contenerse.

–¿Al tanto de qué? –preguntó Eva con el ceño fruncido.

–De los planes de tu padre.

–¿Sus planes para qué?

A pesar de sí mismo, Zaccheo experimentó una amarga decepción. Era tonto por pensar, o tal vez por desear que, a pesar de todos los indicios de lo contrario, Eva desconocía los planes de Oscar Pennington para utilizarlo a él como cabeza de turco.

–Ya hemos llegado, señor –dijo en aquel momento el conductor de la limusina a través del intercomunicador.

Zaccheo observó como se lanzaba Eva de inmediato hacia la puerta. Se habría reído de sus prisas si no hubiera sabido que estaba huyendo de aquella conversación. Había sido una tontería por su parte sacar a colación aquello. No necesitaba más mentiras. Tenía las pruebas que demostraban la culpabilidad de Pennington. Indagar en los porqués del comportamiento de Eva era una pérdida de tiempo.

Cuando salieron del banco tras elegir el diamante que iba a adornar el anillo de compromiso de Eva, tuvieron que entrar rápidamente en el coche mientras un grupo de paparazzi se abalanzaba hacia ellos. Zaccheo dio unas rápidas instrucciones al chófer y el vehículo se adentró en el tráfico.

–Si ya he cumplido por hoy con mi cuota de publicidad, me gustaría ir a mi apartamento, por favor.

–¿Y por qué iba a acceder a llevarte?

–Tomaría un autobús, pero mi bolso y mi teléfono están en Pennington...

–Tus pertenencias ya están en mi ático.

–Oh... gracias. En cuanto las recoja me voy –Eva necesitaba quitarse aquel vestido, darse una ducha y ensayar las seis canciones que tenía que cantar en el club aquella noche. Existía la posibilidad de que el productor que había asistido últimamente a sus sesiones volviera aquella noche.

–Me parece que no lo has entendido –dijo Zaccheo con una fría sonrisa–. Cuando he dicho «tus pertenencias» me refería a todo. También se ha pagado tu renta y tu arrendadora ya se está ocupando de alquilar el apartamento a otra persona.

–¿De qué estás hablando? –preguntó Eva con una mezcla de asombro y enfado–. La señora Hammond no habría dado por cancelado mi contrato sin hablar antes conmigo –al ver que Zaccheo se limitaba a seguir mirándola sin decir nada, añadió–: ¿Cómo te has atrevido? ¿La has amenazado.

–No ha hecho falta. Ya sabes que el dinero ablanda

Bajó la cremallera del vestido resistiendo el impulso de arrugarlo y lanzarlo al suelo.

–Te veo abajo dentro de un rato –dijo Sophie fríamente antes de volverse para salir.

Eva se puso el vestido evitando mirarse en el espejo después de que un rápido vistazo le hubiera mostrado lo que más temía. Cada una de sus curvas quedaba realzada con aquel modelo que además dejaba expuesta gran parte de su piel. Se pintó los labios con mano temblorosa y a continuación introdujo los pies en los zapatos de plataforma a juego.

Tras echarse el chal rojo y amarillo sobre los hombros, volvió a mirarse en el espejo.

«Anímate, chica. Ha llegado la hora del espectáculo.»

Eva deseó que la dueña del Siren estuviera pronunciando aquellas palabras, como hacía siempre que estaba a punto de salir al escenario.

Desafortunadamente, ella no era ninguna sirena. Para preservar del escándalo el nombre de su familia había prometido casarse con un hombre al que no amaba.

Ninguna frase de ánimo habría servido para calmar la rugiente agitación que recorría sus venas.

Capítulo 2

LOS organizadores del evento se habían superado a sí mismos. Habían utilizado palmeras, pantallas decorativas y toda clase de efectos de luz para ocultar el decadente estado en que se encontraba la mansión Pennington.

Eva tomó un sorbo de la copa de champán que sostenía en la mano desde hacía dos horas y rogó para que el tiempo pasara más rápido. La fiesta no terminaba hasta las doce y necesitaba algo en lo que concentrarse si no quería volverse loca.

Apretó los dientes y sonrió a otro invitado empeñado en ver su anillo de compromiso. El único propósito del monstruoso diamante rosa era hacer ostentación de la riqueza de los Fairfield.

La resonante voz de su padre interrumpió los deprimentes pensamientos de Eva. Rodeado por un grupo de influyentes políticos y hombres de negocios, Oscar Pennington estaba en su elemento. Grueso, pero lo suficientemente alto como para disimularlo, su padre conservaba una imponente figura a pesar de su reciente estancia en el hospital. Pero ni siquiera su carisma lo había salvado del desastre económico cuatro años atrás.

Seguido de cerca por la enfermedad de su madre, aquello había hecho que sus círculos sociales y económicos se vieran reducidos prácticamente a la nada de la mañana a la noche.

El resultado final de todo aquello había sido la asociación de su padre con Zaccheo Giordano.

Eva frunció el ceño al darse cuenta de que sus pensamientos habían regresado al hombre que había apartado a los rincones más oscuros e inaccesibles de su mente. El hombre al que había visto por última vez esposado...

–Ahí estás. He estado buscándote.

Eva hizo un esfuerzo por sonreír a Harry.

Su viejo amigo de la universidad, un brillante genio de la tecnología, se había salido de los carriles cuando se hizo famoso y rico nada más salir de la universidad. Convertido en un multimillonario con el dinero suficiente para rescatar a los Pennington, representaba la última esperanza de su familia.

–Y me has encontrado –dijo Eva.

–¿Estás bien? –preguntó él con una expresión ligeramente preocupada.

–Estoy bien –respondió Eva animadamente.

Harry no parecía convencido. Era una de las pocas personas que estaba al tanto de su compromiso roto con Zaccheo. Había sabido leer bajo las falsas sonrisas, y, cuando le había preguntado si su pasado con Zaccheo supondría un problema para su matrimonio de conveniencia, la rápida negativa de Eva parecía haberlo convencido.

–No te preocupes, Harry. Puedo hacerlo –insistió Eva a pesar del vacío que sentía en su interior.

Harry la miró solemnemente y luego llamó a un camarero para cambiar su copa vacía por otra llena.

–Si tú lo dices... Pero quiero que me avises con tiempo si ves que el asunto se te va de las manos, ¿de acuerdo? A mis padres les afectaría mucho ver la noticia en la prensa.

Eva asintió, agradecida, pero enseguida frunció el ceño.

—Pensaba que esta noche ibas a tomártelo con calma —dijo a la vez que señalaba la copa de Harry.

—Ya empiezas a hablar como una auténtica esposa —dijo Harry en tono burlón—. Déjalo, cariño. Mis padres ya me han estado dando la charla.

Aunque a Harry le daba totalmente igual su estatus social, sus padres eran voraces en su afán de obtener prestigio y un auténtico pedigrí al que asociar su nombre, y Harry se había visto finalmente obligado a rectificar su imagen pública de playboy insensato.

—Prometo portarme bien —añadió a la vez que tomaba a Eva del brazo e inclinaba su rubia cabeza hacia ella—. Y ahora que han terminado los tediosos brindis, ha llegado el mejor momento de la noche. ¡Los fuegos artificiales!

—Se suponía que eso iba a ser una sorpresa, ¿no?

Harry le guiñó un ojo.

—Y lo es, pero después de haber engañado a todo el mundo haciéndoles creer que estamos locamente enamorados, seguro que no nos cuesta mucho mostrarnos sorprendidos.

Eva sonrió.

—Yo no diré nada si tú no lo haces.

Harry se apoyó una mano en el pecho e hizo una inclinación ante Eva.

—Gracias, mi querida lady Pennington.

El recuerdo de por qué estaba teniendo lugar toda aquella farsa laceró como un puñal el corazón de Eva mientras salían a la terraza que daba a los espléndidos jardines de la mansión. Su salida fue recibida con aplausos y Eva volvió la mirada hacia donde estaban Sophie, su padre y los padres de Harry. Al detener la mirada en su padre sintió que se le encogía el estómago. Era posible que su padre hubiera aceptado su ayuda, pero el desagrado que le producía la profesión de su hija siempre había supuesto un problema entre ellos.

Eva apartó la mirada y adoptó la adecuada expresión de sorpresa cuando comenzaron los fuegos artificiales.

El inicio fue espectacular, y la siguiente ronda de fuegos artificiales debería haber bastado para acallar a los invitados, pero no fue así.

–¡Cielo santo! ¡Quienquiera que sea debe de estar deseando matarse! –exclamó alguien.

Eva vio que los sorprendidos invitados miraban a un punto en lo alto mientras el intenso zumbido de algo parecido a un motor adquiría cada vez más volumen.

Al alzar la vista vio que se trataba de un helicóptero que descendía en medio de los fuegos artificiales.

–Parece que los organizadores han decidido añadir una sorpresa más –dijo Harry–. Pero me quito el sombrero ante el valor del piloto para atreverse a volar con los fuegos estallando a su alrededor.

El helicóptero siguió descendiendo. Hipnotizada, Eva contempló como se posaba en medio del jardín mientras un inexplicable escalofrío le recorría la espalda.

Un creciente murmullo surgió de entre los invitados cuando se abrió la portezuela del piloto. Un instante después, salía del aparato una figura vestida de arriba abajo de negro. Cuando la siguiente ronda de fuegos artificiales iluminó el cielo, la figura se hizo visible.

Eva se tensó como si acabaran de abofetearla.

No era posible...

Zaccheo Giordano estaba entre rejas, pagando por su implacable codicia. Los hombres de su clase se consideraban por encima de la ley. No se merecían su compasión, o el desleal pensamiento de que él había sido el único que había pagado el precio cuando, por asociación, su padre debería haber cargado con parte de la culpa.

Las luces volvieron a iluminar en aquel momento los jardines y Eva contempló al hombre que subía con paso seguro las amplias escaleras de la terraza. Al llegar a lo alto se detuvo un momento para abrocharse el esmoquin.

–Oh, no... –murmuró Eva.

–¿Conoces a ese tipo? –preguntó Harry.

Eva quiso negar que conocía al hombre cuya cabeza sobresalía entre los demás invitados y que había fijado su penetrante mirada en ella.

El Zaccheo Giordano con el que había tenido la mala fortuna de relacionarse brevemente antes de su encarcelamiento tenía el pelo corto y el rostro totalmente afeitado.

Pero aquel llevaba barba y el pelo flotaba en torno a sus hombros en oscuras oleadas. Eva tragó saliva ante el contraste. El hombre elegante y delgado que había conocido se había esfumado. En su lugar había aparecido una especie de Neanderthal de hombros más anchos, de brazos y pecho más poderosos, moldeados por su camisa negra de seda. Unos pantalones igualmente negros marcaban su estrecha cintura y sus fuertes muslos. Pero nada en su atuendo podía disfrazar el aura que emanaba de él.

Primitiva. Explosivamente masculina. Letal.

–¿Eva? –el desconcertado tono de Harry llegó hasta Eva como desde la distancia.

Al notar que Harry iba a hacer otra pregunta, asintió, aturdida.

–Sí. Ese es Zaccheo –dijo mientras este apartaba la mirada de ella y se volvía hacia su familia.

La expresión de rabia del rostro de Oscar estaba matizada por otra de aprensión. Sophie parecía completamente anonadada.

Eva observó cómo el hombre que esperaba no volver a ver en su vida avanzaba hacia su padre con las manos en la espalda. Su actitud no revelaba el más mínimo indicio de súplica.

–¿Tu ex? –insistió Harry.

Eva asintió, aturdida.

–En ese caso, deberíamos decir hola –Harry la tomó por el brazo y tiró de ella. Eva se dio cuenta demasiado tarde de a qué se había referido.

–¡No! –susurró.

Pero Harry estaba demasiado borracho o desconocía por completo el peligro al que se enfrentaba. La tensión reinante envolvió a Eva mientras avanzaban. Con el corazón en la garganta, vio cómo enfrentaban sus miradas su padre y Zaccheo.

–No sé qué crees que estás haciendo, Giordano, pero te sugiero que vuelvas a meterte en esa monstruosidad y te vayas antes de que haga que te arresten por allanamiento de morada.

Zaccheo ni siquiera parpadeo mientras los invitados contemplaban conmocionados la escena.

–Hazlo si lo deseas, pero sabes muy bien por qué estoy aquí, Pennington. Si quieres, podemos jugar a las evasivas, pero serás dolorosamente consciente de la realidad cuando me canse del juego –aquellas palabras fueron pronunciadas en un murmullo, pero el veneno que contenían hizo que a Eva se le erizara el vello de la nuca–. *Ciao*, Eva –dijo Zaccheo sin volverse–. Me alegra que vengas a reunirte con nosotros.

–Esta es mi fiesta de compromiso. Es mi deber relacionarme con mis invitados, incluso con los inoportunos, a los que se les pedirá que se vayan de inmediato.

–No te preocupes, *cara*. No voy a quedarme mucho rato.

El alivio que experimentó Eva desapareció en cuanto Zaccheo volvió la mirada hacia ella antes de bajarla hacia su mano. Casi con pereza, la tomó por la muñeca para observar un instante el anillo.

–Qué predecible –dijo, y la soltó con la misma despreocupación con que la había tomado.

–¿Qué se supone que quiere decir eso? –preguntó Harry.

Zaccheo volvió la mirada hacia él y luego hacia sus padres.

–Esta es una conversación privada. Déjenos.

Peter Fairfield dejó escapar una risa incrédula.

–Creo que no está interpretando bien la situación, amigo. Es usted el que tiene que dejarnos.

–¿Le importa repetir eso, *il mio amico*? –Zaccheo se volvió a medias hacia él

–¿Quién es este, Oscar? –preguntó Peter Fairfield al padre de Eva, que parecía haber perdido la capacidad de hablar.

Eva se situó rápidamente entre ambos hombres para evitar que la situación se les fuese de las manos.

–Disculpadnos un momento, Harry, señor y señora Fairfield. Solo tardaremos un momento en atender al señor Giordano –dijo. Al ver el rostro de su padre, que se había vuelto casi morado, sintió que se le encogía el corazón–. ¿Papá?

Oscar Pennington irguió de inmediato los hombros, miró a su alrededor y curvó los labios en una sonrisa.

–Será mejor que vayamos a hablar a mi despacho. No dudéis en pedir lo que queráis al servicio –dijo a la vez que se alejaba seguido de una Sophie inusualmente callada.

Zaccheo volvió su mirada de láser hacia Harry, que la aguantó con gesto desafiante hasta que se volvió hacia Eva.

–¿Estás segura? –preguntó con evidente preocupación.

Eva asintió a pesar de la terrible aprensión que sentía.

–Sí.

–En ese caso, de acuerdo. Pero date prisa, cariño –dijo Harry y, antes de que Eva pudiera moverse, la besó en los labios.

Un gruñido apenas audible rasgó el aire.

Eva se contrajo.

Quería volverse hacia Zaccheo para exigirle que volviera a la cárcel, en la que debería estar. Pero el destello de miedo que había captado en la mirada de su padre la detuvo.

–Vamos, Eva.

La frialdad del tono de Zaccheo hizo que Eva experimentara un escalofrío que no la abandonó hasta que estuvieron en el interior del despacho de su padre.

–Sea cual sea el motivo que crees tener derecho a airear, te sugiero que te lo pienses dos veces, hijo. Aunque este fuera el lugar y el momento adecuado...

–No soy tu hijo, Pennington –lo interrumpió Zaccheo en un tono letal–. En cuanto a por qué estoy aquí, tengo cinco mil trescientos veintidós folios de documentación que prueban que te asociaste con otros cuantos individuos para acusarme de un delito que no había cometido.

–¿Qué? –medio gritó Eva. Enseguida, la absurdez de las palabras de Zaccheo le hicieron negar firmemente con la cabeza–. No te creemos.

–Puede que tú no me creas. Pero tu padre sí.

Oscar Pennington se rio, pero el sonido de su risa careció de su habitual naturalidad. Al ver una gota de sudor deslizándose por su frente, Eva experimentó directamente miedo.

–Estoy segura de que nuestros abogados se ocuparan de destrozar cualquier evidencia que creas tener. Si has venido aquí en busca de algún tipo de sanación emocional, has elegido el momento equivocado. Tal vez podríamos quedar en otra ocasión.

Zaccheo no se movió ni parpadeó. Se limitó a mirar a Oscar Pennington con las manos a la espalda y el cuerpo inclinado como el de un depredador a punto de asestar su golpe.

El silencio se prolongó, cargado de amenaza. Eva miró a Sophie y luego a su padre con una creciente sensación de temor.

–¿Qué está pasando? –preguntó.

Oscar se agarró al borde de la mesa frente a la que se hallaba con tal fuerza que se le pusieron blancos los nudillos.

–Has elegido al enemigo equivocado. Estás muy confundido si crees que voy a permitir que me chantajees en mi propia casa.

Sophie dio un paso hacia él.

–Papá, no...

–Veo que no has perdido tu orgullo –interrumpió Zaccheo–. Contaba con ello. Ahora voy a explicarte lo que voy a hacer. Dentro de diez minutos voy a marcharme de aquí con Eva delante de todos tus invitados, y tú no vas a alzar un dedo para impedirlo. Les dirás a todos exactamente quién soy y luego anunciarás formalmente que soy yo quien va a casarse con tu hija dentro de dos semanas, y que cuento con tu bendición. No quiero dejar algo tan importante a las cámaras de los teléfonos y a los medios sociales, aunque estoy seguro de que tus invitados harán un buen trabajo –continuó con voz firme–. He visto que hay algunos miembros de la prensa ahí fuera, de manera que esa parte de tu tarea será fácil. Si los artículos que se publiquen en la prensa resultan adecuados, me pondré en contacto contigo el lunes para indicarte cómo puedes empezar a compensarme. Sin embargo, si cuando nos despertemos mañana Eva y yo la noticia de nuestro compromiso no está en la prensa, no tendré piedad.

La respiración de Oscar Pennington se alteró alarmantemente. Abrió la boca, pero ninguna palabra surgió de ella.

–Es evidente que has perdido el juicio si crees que mi padre va a acceder a tus demandas –dijo Eva enfáticamente. Al ver que sus palabras eran recibidas con un gélido silencio, se volvió hacia su padre–. ¿Por qué no dices algo, papá?

–Porque no puede, Eva –respondió Zaccheo–. Porque está a punto de hacer exactamente lo que he dicho.

–¿Acaso te has vuelto loco? –le espetó Eva, incrédula.

Zaccheo no apartó la mirada de Oscar Pennington cuando contestó.

–*Cara mia*, te aseguro que nunca en mi vida he estado más cuerdo que en este momento.

Capítulo 3

EVA volvió la cabeza hacia su padre con una mezcla de confusión y enfado.

–Vamos, Oscar. Tu hija está esperando a que me eches de aquí. ¿Por qué no lo haces?

Lívido, Pennington se encaminó con paso tambaleante hacia su escritorio.

–¡Papá! –Eva ignoró la envenenada mirada de su hermana y corrió junto a su padre, que se dejó caer pesadamente en su sillón de cuero.

Zaccheo quiso mirar los ojos de Pennington, ver en ellos el sentimiento de derrota e impotencia que este había esperado ver en los suyos el día que lo sentenciaron.

Experimentó cierta satisfacción al ver a ambas hermanas preocupadas por su padre, asustadas por él. Pero cuando Eva volvió su mirada hacia él tuvo otra sensación, una sensación a la que se había creído inmune hasta el momento en que había bajado del helicóptero y la había visto. Aquella inquietante sensación, como si estuviera sintiendo vértigo a pesar de no haber motivo para ello, lo había intrigado y molestado en igual medida desde la primera vez que la había visto subida a un escenario y había escuchado su hipnótica voz mientras acariciaba el micrófono como si estuviera acariciando a un amante.

A pesar de saber lo que era, lo que representaba, no

fue capaz de irse del club. Unas semanas después de haberla conocido había logrado engañarse a sí mismo hasta el punto de llegar a creer que era diferente, que no era tan solo una mujer avariciosa capaz de hacer cualquier cosa por perpetuar su pedigrí.

La declaración que hizo el día que lo sentenciaron, en la que afirmó que no había ninguna clase de asociación entre ellos, fue el golpe final.

—¿Qué crees que estás haciendo? —murmuró Eva con fiereza.

—Equilibrar la balanza del pecado, *dolcezza*. ¿Qué si no?

—No sé de qué estás hablando, pero no creo que mi padre esté en condiciones de mantener una discusión en estos momentos, señor Giordano.

El tono remilgado de Eva irritó profundamente a Zaccheo, un tono que decía que debería «conocer su sitio», que debía permanecer allí como un buen sirviente más y esperar a que se dirigieran a él para intervenir.

—Te he dado diez minutos, Pennington. Ahora tienes cinco. Sugiero que vayas practicando lo que vayas a decir a tus invitados —Zaccheo se encogió de hombros—. O no. En cualquier caso, las cosas se harán a mi manera.

Eva se acercó a él con paso firme y se detuvo a escasos centímetros.

A pesar de sí mismo, Zaccheo fue incapaz de no detener la mirada en su revuelto pelo rubio de color caramelo, tan fuera de lugar en aquel sitio y que tanto contrastaba con sus cejas negras y el rímel de sus ojos, en sus labios en forma de corazón, suaves, oscuros y pecaminosamente sensuales. O en el resto de su cuerpo.

—¿Acaso crees que no tengo nada que decir respecto al despreciable espectáculo que estás dando, o que voy a quedarme cruzada de brazos mientras humillas a mi familia?

–Eva... –dijo Pennington, pero su hija lo interrumpió sin miramientos.

–¡No! No sé qué está pasando aquí, pero no tengo intención de formar parte de ello.

–Vas a interpretar tu parte y la vas a interpretar bien –dijo Zaccheo a la vez que apartaba la mirada de la boca de la que pensaba disfrutar a su antojo no tardando mucho.

–¿O qué? ¿Llevarás adelante tus vacías amenazas?

A Zaccheo nunca dejaba de asombrarle que los ricos con título se sintieran por encima de los principios que gobernaban a los seres humanos normales y corrientes. Su propio padrastro había sido igual. Creía que su pedigrí y sus contactos lo protegerían de su imprudencia en los negocios, que su «club» de amigos se ocuparía de proveerle siempre de una red de seguridad.

Zaccheo había disfrutado viendo al marido de su madre retorciéndose ante él, rogándole cuando Zaccheo compró el negocio familiar delante de su propia y pomposa nariz. Pero incluso después de aquello el viejo siguió tratándolo como a un ciudadano de tercera clase.

Tal y como había hecho Oscar Pennington. Y tal como estaba haciendo en aquellos momentos Eva.

–¿Crees que mis amenazas son vacías? –preguntó con suavidad–. En ese caso, no hagas nada. A fin de cuentas, ese es tu privilegio y tu derecho. No hagas nada y serás testigo de cómo hundo a tu familia en el pozo más hondo que te puedas imaginar. No hagas nada y observa cómo desato un escándalo que destrozará para siempre el nombre de tu familia –tras dedicar una sonrisa totalmente carente de humor al conmocionado rostro de Eva, concluyó–: Para mí será un auténtico privilegio hacerlo.

Oscar Pennington inspiró profundamente y se puso en pie. A pesar de su desdeñosa mirada, Zaccheo captó en su expresión el miedo de un hombre acorralado.

–El tiempo se te acaba, Pennington.

–¿Cómo sabemos que no te estás tirando un farol? –intervino Eva en tono vehemente–. Demuestra que tienes algo en contra nuestra.

Zaccheo podría haberse ido en aquel momento y haberles dejado retorciéndose en medio de la duda, pero el pensamiento de dejar allí a Eva se le hizo insoportable. A pesar de todo, la reacción de su cuerpo al verla había demostrado que aún la deseaba con una fiebre que no hacía más que aumentar con el paso de cada segundo.

Pensaba tomar aquello que tan tonta y piadosamente se había negado a sí mismo dos años atrás. Solo se consideraría vengado cuando hubiera alcanzado todas y cada una de las metas que se había propuesto.

–No puedes, ¿verdad? –dijo Oscar Pennington con una ladina sonrisa al ver que no contestaba.

Zaccheo sonrió, casi divertido por la creciente confianza de su enemigo.

–Harry Fairfield te va a hacer un préstamo de quince millones de libras porque los costes sumados de los hoteles Pennington y del Spire son tan altos que los bancos no querrán saber nada de ti. Mientras tratas desesperadamente de vender las sobrevaloradas pero vacías plantas del Spire, los intereses que hay que pagar al consorcio chino dueño del setenta y cinco por ciento de las acciones del edificio no hacen más que aumentar. Tienes una reunión el lunes para solicitar más tiempo para pagar tu deuda. Y a cambio de la inversión de Fairfield vas a entregarle a tu hija.

Eva le lanzó una mirada furibunda.

—De acuerdo, has hecho algunas averiguaciones sobre el estado de los negocios de Pennington, pero eso no quiere decir que puedas demandarnos.

Zaccheo se tomó unos segundos para contestar.

—Sí que puedo. Tal vez os interesaría saber que ese consorcio chino me vendió su setenta y cinco por ciento del Spire hace tres días. Según mis cálculos, ya hace tres meses que no has podido pagar los intereses, ¿no?

Un áspero sonido, mezcla de resuello y tos, escapó de la garganta de Pennington mientras volvía a dejarse caer en su asiento.

—Supe que eras una apuesta sin futuro en el momento en que te vi por primera vez —dijo sin tratar de ocultar el odio que reflejaba su expresión—. Debería haberme fiado de mis instintos.

La rabia que Zaccheo se estaba esforzando por controlar creció.

—Lo que querías era una vía de escape, un chivo expiatorio que te hiciera rico y que incluso estuviera dispuesto a dar la vida por ti sin cuestionárselo.

—Seguro que podemos discutir este asunto como personas civilizadas, señor Giordano —dijo Sophie Pennington mientras avanzaba con las manos alargadas hacia él en un gesto de benignidad.

Zaccheo alzó la mirada de aquellas manos al velado desdén que reflejaban los ojos de su dueña. Luego miró a Eva, que había vuelto junto a su padre.

Al sentir una punzada de compasión en su interior,

Zaccheo se dio un zarandeo mental y se volvió con brusquedad hacia la puerta.

–Voy a esperarte en el helicóptero hasta que esté listo para despegar. Ese es el tiempo que te queda, Eva –dijo con firmeza, y a continuación salió a la terraza,

No había esperado que volver a ver a Eva fuera a producirle una reacción tan visceral, pero lo cierto era que apenas había sido capaz de controlarse al ver el anillo de otro hombre en su dedo. Saber que lo más probable era que ya hubiera compartido la cama de aquel borrachín hacía que se sintiera como si le estuviera corriendo ácido por las venas, pero no podía permitirse mostrar sus emociones.

Cada movimiento de estrategia en aquel juego de venganza exigía que mantuviera el control; no podía permitir que vieran lo afectado que se sentía por todo aquello.

Cuando avanzó por la terraza, la conversación de los invitados cesó al instante.

Zaccheo se encaminó hacia su helicóptero en medio del silencio reinante.

Eva acudiría junto a él. Ningún otro resultado sería aceptable. Y tampoco podía permitirse perder el control.

Al escuchar un creciente murmullo a sus espaldas, siguió avanzando sin volverse. Se agachó bajo las hélices del helicóptero y alargó la mano hacia la portezuela.

–¡Espera!

Zaccheo se detuvo y se volvió.

Doscientos pares de ojos contemplaron con evidente interés la escena cuando Eva se detuvo ante él. Su padre y su hermana permanecían en las escaleras, contemplando lo que sucedía con una expresión de auténtico miedo. Zaccheo volvió a mirar a Eva. La expresión de su rostro reflejaba más desafío que miedo, además de orgullo y cierto desdén.

Cuando deslizó la mirada por su cuerpo, Eva sujetó el chal en torno a sus hombros como si fuera una armadura. De un brusco tirón, Zaccheo se lo quitó y lo arrojó al suelo. La exuberante y sensual figura de Eva quedó expuesta a ojos de todos. Incapaz de contenerse, Zaccheo dio un paso hacia ella y la tomó entre sus brazos. El único lugar al que pertenecía.

El poco aliento que Eva había sido capaz de retener después de correr hasta el helicóptero se escapó cuando Zaccheo la rodeó con sus brazos. Su cuerpo pasó en un instante de la sensación de frío a la de un intenso acaloramiento.

—Puede que creas que has ganado, que me posees, pero no es así —le espetó—. ¡Jamás me tendrás!

—Cuánto fuego. Cuánta determinación —murmuró Zaccheo con enloquecedora calma—. He de reconocer que has cambiado, *cara mia*. Sin embargo, aquí estás, dispuesta a transformarte en lo que yo quiero que seas.

—Sigue soñando. Estoy deseando ver la sorpresa que te llevarás cuando te demuestre que te equivocas.

—Ya me has demostrado que tengo razón.

—¿Estás seguro de eso? —preguntó Eva en tono burlón.

La facilidad con que Harry había aceptado que le devolviera el anillo había sido un alivio. Era posible que ya no tuviera una solución inmediata para los problemas de su familia, pero al menos se alegraba de no tener que seguir adelante con aquella farsa.

Zaccheo alzó la mano de Eva y le besó el anular,

haciéndole volver a la realidad. Entre los asistentes destellaron varios flashes.

–Esto no va a durar mucho, Zaccheo, así que te sugiero que lo disfrutes mientras dure, porque pienso recuperar mi vida antes de medianoche...

Eva se interrumpió al ver la expresión de helada furia que por un instante cruzó el rostro de Zaccheo.

–Tu primera lección es que debes dejar de hablarme como si estuviera a tu servicio. Si lo haces me sentiré mucho más tranquilo para tratar contigo, algo que te conviene –dijo en tono de advertencia.

–Vaya, Zaccheo, parece que tienes muchas lecciones que darme... –dijo ella, tratando de sonar aburrida.

–Paciencia, *cara mia*. Ya te iré dando las instrucciones necesarias –cuando Zaccheo bajó la mirada hacia su boca, Eva se quedó sin aliento–. De momento, quiero que dejemos de hablar –añadió antes de atraerla hacia sí para besarla.

Eva se quedó paralizada. Zaccheo la besó como si fuera el dueño de su boca, de todo su cuerpo. Eva jamás se había imaginado que el roce de una barba podría provocarle tantas sensaciones. Sin embargo, se estremeció de placer cuando el sedoso pelo facial de Zaccheo le rozó la comisura de los labios.

Deslizó instintivamente las manos por los tensos bíceps de Zaccheo mientras se perdía en la potente magia de su beso. Al primer contacto con su lengua se estremeció. Zaccheo deslizó una mano hasta su trasero y la presionó contra sí.

Eva no supo cuánto tiempo pasó mientras Zaccheo asaltaba su boca. Hasta que no se quedó sin aliento no recordó dónde estaba ni lo que estaba pasando.

De pronto se encontró mirando los oscuros ojos de Zaccheo, cuyo brillo tenía un matiz casi salvaje.

–Creo que ya hemos dado suficiente carnaza a nuestra audiencia. Entra.

El calmado tono de su voz, que contradecía absolutamente el frenesí de su mirada, hizo volver a Eva a la realidad.

–¿Solo se trataba de un espectáculo? –susurró con un estremecimiento.

–Por supuesto. ¿Acaso crees que te he besado porque estaba desesperado por hacerlo? Tengo bastante más autocontrol del que crees. Y ahora entra en el helicóptero –repitió Zaccheo a la vez que mantenía la portezuela abierta.

Un golpe de viento helado alcanzó la espalda desnuda de Eva, que se volvió hacia la terraza. Apenas había dado un par de pasos cuando Zaccheo la tomó por un brazo.

–¿Qué se supone que estás haciendo?

–Tengo frío –replicó Eva, cuyos dientes había empezado a castañetear–. Mi chal... –añadió mientras señalaba el lugar en que lo había dejado caer.

–Olvídalo. Esto te mantendrá caliente –dijo Zaccheo que, tras quitarse rápidamente la chaqueta del esmoquin, la colocó sobre los hombros de Eva.

Eva agradeció el inmediato alivio que experimentó, aunque lo último que quería era tener que agradecer nada a Zaccheo Giordano.

Y ella ya no era la chica ingenua que había sido hacía un año y medio. La traición de Zaccheo y la tensa relación que ella mantenía con su padre y su hermana habían endurecido su corazón. No estaba dispuesta a volver a exponer su corazón a más dolor.

–No, gracias –dijo mientras empezaba a quitarse la chaqueta–. Prefiero no quedar marcada como una de tus posesiones.

Zaccheo la interrumpió apoyando ambas manos en sus brazos.

—Ya eres mi posesión. Te has convertido en mía en el instante en que has aceptado seguirme hasta aquí, Eva. Puedes engañarte todo lo que quieras, pero esa va a ser tu realidad a partir de ahora.

Capítulo 4

@*Lo de la gatita aristócrata era todo publicidad, ¡pero menudo beso! ¡Yo también quiero apuntarme!*

@*Eso no era amor. ¡Tan solo era una táctica obscena y desvergonzada para conseguir dinero!*

Eva sentía que el estómago se le encogía más y más con cada mensaje nuevo que entraba en las redes sociales.

Las horas habían pasado en una bruma desde que Zaccheo había aterrizado con el helicóptero en la azotea del edificio Spire.

Apenas se había fijado en el deslumbrante interior del ático cuando Romeo, el enigmático ayudante de Zaccheo, había dado instrucciones al mayordomo para que la llevara a su dormitorio.

Zaccheo se había ido sin decir una palabra, dejándola en medio del vestíbulo de mármol con su chaqueta aún puesta.

A las cinco de la madrugada, Eva había renunciado a tratar de dormir y se había dado una ducha antes de volver a ponerse su diminuto vestido.

Lamentando no haber pedido algo para cubrirse un poco más, volvió a sentir que se le encogía el estómago al ver en la tableta de Zaccheo un nuevo comentario obsceno.

@ *¡Hey, amante convicto! No pierdas el tiempo con esa superficial niña rica. ¡Aún existimos mujeres de verdad! ¡Deja que yo me ocupe de ti, cariño!*

Eva apretó los puños, negándose a imaginarse a ninguna mujer ocupándose de Zaccheo.

—Si estás pensando en responder, te aconsejo que no lo hagas.

Eva se sobresaltó al oír la cercana voz de Zaccheo.

—No tengo intención de responder —replicó tras volverse, agradecida por el sofá que los separaba—. Y tú no deberías espiar a la gente.

—Yo no espío. Si no hubieras estado tan concentrada leyendo los últimos comentarios sobre tu repentina fama, me habrías oído entrar.

—Mi «repentina fama» tan solo se debe a tu insistencia en colarte en una fiesta privada para convertirla en un espectáculo público.

—Y estabas tan ansiosa por averiguar si habías aparecido en las redes sociales que te has despertado al amanecer para seguir las noticias.

—Decir que me he despertado es asumir que he dormido, cuando lo último que tenía en mente era dormir después de haber sido chantajeada para venir aquí. Y, por si te interesa, no tengo ninguna costumbre de leer la prensa sensacionalista, no a menos que quiera sufrir una indigestión.

Zaccheo rodeó el sofá y se detuvo a escasos centímetros de ella.

Eva no pudo evitar constatar que, a pesar de ser tan solo las seis de la mañana, Zaccheo parecía tan vitalmente masculino como si ya llevara en pie varias horas. Una fina capa de sudor cubría sus fuertes antebrazos, y la húmeda camiseta que vestía moldeaba su

Zaccheo decía...–. Eva –repitió Zaccheo en tono controlado, pero exigente.

–¿Qué?

–Ven aquí.

Negándose a dejar ver lo afectada que estaba, se puso en pie, se tambaleó ligeramente sobre los tacones que no le había quedado más remedio que ponerse y avanzó hacia él.

Zaccheo bajó un momento la mirada hacia sus caderas antes de volver a alzarla. Eva odió a su cuerpo por la forma de reaccionar que tuvo ante aquella mirada, a sus pechos, que experimentaron un excitante cosquilleo, a la intersección de sus muslos, donde sintió algo parecido a una llamarada.

Se detuvo a unos pasos de él, se aseguró de situar una silla entre ellos y se cruzó de brazos antes de bajar la mirada hacia los periódicos que había sobre la mesa. Sabía que lo sucedido aparecía en casi todos los titulares, pero la foto en la que aparecían íntimamente abrazados...

–Aún no me puedo creer que hicieras aterrizar el helicóptero en medio de los fuegos artificiales –fue lo primero que se le ocurrió decir.

–¿Estabas preocupada por mí? –preguntó Zaccheo en tono burlón.

–Si tú no te preocupas por tu propia seguridad, ¿por qué iba a preocuparme yo? –replicó Eva.

–Espero que te preocupes más por mi bienestar cuando estemos casados.

–¿Casados? –repitió Eva, asombrada–. ¿No te parece que ya has llevado esto lo suficientemente lejos?

Los ojos de Zaccheo se transformaron en dos estanques de hielo.

–¿Acaso crees que esto es alguna clase de juego?

–Si tienes evidencias de lo que dices que sucedió, ¿por qué no has ido directamente a la policía?

–¿Crees que me estoy tirando un farol?

–Creo que lo que sucede es que te sientes ofendido.

–¿En serio? ¿Y qué más crees?

–Es evidente que quieres dejar claro ante todo el mundo cómo fuiste tratado por mi padre. Ahora que ya lo has hecho, déjalo.

–De manera que tu padre hizo todo esto... –Zaccheo señaló los periódicos que había sobre la mesa– solo para que yo no tuviera una rabieta infantil, ¿no? Y tú te arrojaste a mis pies solo para comprobar cuánto iba a durar mi farol, ¿no?

–Vamos, Zaccheo...

Zaccheo alargó una mano hacia Eva y apoyó un dedo bajo su barbilla.

–¿Hasta dónde estás dispuesta a llegar para que me vuelva razonable? ¿O debería adivinarlo? A fin de cuentas, ayer estabas dispuesta a comprometerte y prostituirte con un borrachín para salvar a tu familia.

La rabia que experimentó al escuchar aquello le dio a Eva la fuerza necesaria para mantenerse erguida ante él. Pero cuando trató de dar un paso atrás notó que estaba arrinconada contra la mesa.

–¿Y qué diferencia hay entre eso y prostituirme con un delincuente de mediana edad?

Zaccheo se inclinó hacia ella.

–Sabes exactamente la edad que tengo. De hecho, recuerdo muy bien dónde estábamos el día en que cumplí los treinta. ¿Necesitas que te refresque la memoria? –preguntó en un tono de divertido desprecio.

–No te molestes...

–No me supone ningún esfuerzo, así que lo haré de todos modos. Acabábamos de comprometernos y tú estabas arrodillada ante la ventana de mi ático, sin preocuparte por el hecho de que alguien con unos prismáticos pudiera vernos. Lo único que te preocupaba era soltarme el cinturón para quitarme los pantalones y desearme feliz cumpleaños de una manera con la que muchos hombres solo pueden fantasear.

Eva experimentó un acaloramiento tan repentino que temió sufrir una combustión espontánea.

–No era esa mi idea...

–¿Ah, no?

–No. Tú me retaste a hacerlo –Eva contuvo un momento el aliento y trató de ignorar las caricias de la mano de Zaccheo en su nuca–. Pero no quiero hablar del pasado. Prefiero ceñirme al presente.

No quería recordar lo crédula que había sido entonces, su estúpido afán por complacerlo, la excitación que le había producido que aquella especie de superhombre que podría haber tenido a la mujer que hubiera querido con tan solo chasquear un dedo la hubiera elegido a ella.

A pesar de haber aprendido por el camino duro que los hombres poderosos eran capaces de lo que fuera por conservar su poder, aún se permitió creer que Zaccheo la deseaba por sí misma. Pero averiguar que no era mejor que los demás, que lo único que había querido había sido asegurarse un negocio, había supuesto un terrible golpe que le había hecho pasarse prácticamente un año encerrada en un agujero.

Al principio las exigencias de Zaccheo habían sido sutiles: una comida ahí, un acto de beneficencia allá... hasta la noche en que oyó involuntariamente las palabras que tanto daño le hicieron.

«Ella es solo un medio para conseguir un fin. Nada más...».

La conversación que había seguido a aquellas palabras había quedado grabada en su mente, al igual que la admisión de Zaccheo de que las había pronunciado, de que la había utilizado.

Sin embargo, la conmoción que mostró cuando le devolvió el anillo le hizo preguntarse si habría hecho lo correcto. Pero su arresto por negligencia criminal le había confirmado la clase de hombre que realmente era.

Lo miró a los ojos.

–Ya has conseguido lo que querías, tu nombre en primera plana junto al mío. Todo el mundo sabe que anoche me fui contigo, que ya no estoy comprometida con Harry.

Zaccheo deslizó la mano hasta la parte trasera del cuello de Eva y empezó a masajeárselo.

–¿Y cómo se tomó Fairfield que lo dejaras colgado de una forma tan poco ceremoniosa?

–Harry se preocupa por mí, de manera que se lo tomó como un auténtico caballero. Es una lástima que no se pueda decir lo mismo de ti.

–¿Te refieres a que no le afectó averiguar que ya no iba a tener nunca más acceso a tu cuerpo?

Eva alzó una ceja.

–Nunca digas nunca más.

–Si crees que voy a tolerar la más mínima interacción entre Fairfield y tú, estás muy equivocada –le advirtió Zaccheo en un tono tensamente sombrío.

–Vaya, Zaccheo, casi pareces celoso.

–Te aseguro que no te conviene seguir por ahí, *dolcezza*.

–Si quieres que pare, dime por qué estás haciendo esto.

–Solo voy a decir esto una vez más. No pienso parar hasta que la reputación de tu padre quede por los suelos y hasta que me devuelva todo lo que me quitó. Con intereses, por supuesto.

–¿Puedes enseñarme alguna prueba de lo que dices que hizo mi padre?

–¿Te lo creerías aunque la vieras?

Eva bajó la mirada hacia los periódicos que había sobre la mesa, consciente de que en todos ellos había aparecido lo que Zaccheo había exigido. ¿Habría accedido a aquello su padre si las amenazas de Zaccheo hubieran carecido de base?

–Anoche, cuando dijiste que tú y yo... –Eva se interrumpió, incapaz de seguir procesando la realidad.

–¿Íbamos a estar casados en dos semanas? Sí, eso también lo dije en serio. Y para poner la rueda en marcha vamos a salir dentro de diez minutos a elegir el diamante que adornará tu anillo de compromiso. Después nos espera un día muy ajetreado, así que más vale que te alimentes un poco.

A continuación, Zaccheo giró sobre sus talones y salió de la habitación.

Capítulo 5

HICIERON la primera parada en una exclusiva boutique de ropa en Bond Street.

–No tenías por qué haberme comprado un abrigo –protestó Eva después, mientras la limusina los conducía a la calle Threadneedle, donde Zaccheo tenía una cita para ver la colección de diamantes que había solicitado.

–Tu piso está en el otro extremo de la ciudad y no quería pasarme una hora en el coche. Tengo cosas más importantes que hacer.

–Claro. Aún tienes que sacar tu porcentaje de carne del negocio, ¿no? –replicó Eva con ironía.

–No pienso obtener un porcentaje. Pienso quedarme con todo.

–Pareces muy seguro de que voy a entregarme a ti en bandeja de plata. Dadas las circunstancias, ¿no te parece que es una idea un poco absurda?

–Supongo que eso lo averiguaremos el lunes, en cuanto conozcas todos los sórdidos detalles del asunto. De lo único que tienes que preocuparte hoy es de elegir el diamante para el anillo de compromiso que deje claras las cosas a todo el mundo.

–¿Y qué es lo que se supone que voy a dejar claro con eso?

–Que me perteneces, por supuesto –replicó Zaccheo con la sonrisa que solía utilizar para hacer temblar a sus enemigos.

–Ya te he dicho que no tengo las más mínima intención de convertirme en una de tus posesiones. Ningún anillo podrá hacer que eso cambie.

–Te mientes a ti misma con mucha facilidad.

–¿Disculpa? –exclamó Eva en tono escandalizado, lo que atrajo de nuevo la mirada de Zaccheo hacia su boca. Una boca cuya dulzura recordaba intensamente... a pesar de sí mismo.

–Ambos sabemos que vas a ser exactamente quien yo quiera que seas cuando te lo pida. Tu familia se juega demasiado en este asunto como para que te arriesgues a hacer otra cosa.

–Solo te estoy siguiendo el juego porque quiero averiguar qué es lo que pasa exactamente. Eso es lo que hacen las familias. Pero, ya que tú jamás mencionas a tu familia, supongo que no sabes de qué estoy hablando.

Zaccheo tuvo que esforzarse para aparentar que aquellas palabras no lo habían afectado. Ya hacía tiempo que había perdido el respeto por su padre cuando este murió, humillado y avergonzado. Y ver cómo se prostituía su madre a cambio de prestigio le había dejado un amargo sabor de boca. En lo referente a su familia no había tenido suerte, pero hacía tiempo que había aprendido que desear algo que uno no podía crear con sus propias manos era una completa absurdez. Para cuando alcanzó la pubertad dejó de tener deseos absurdos. Recordar el último deseo que solía pedir por la noche cuando era un niño le hizo apretar los puños. Incluso entonces ya sabía que el destino se reiría de su deseo de tener un hermano y una hermana. Sabía que aunque su madre estuviera embarazada aquel sueño no se haría realidad. Lo sabía.

Y, después de aquello, se había programado para no preocuparse por ello.

De manera que, ¿por qué le irritaba tanto que le recordaran que era el último Giordano?

—No hablo de mi familia porque no tengo ninguna familia. Pero eso es algo que pienso rectificar pronto.

—¿Qué se supone que quiere decir eso?

—Quiere decir que, gracias a tu familia, he tenido mucho tiempo en prisión para pensar en mi vida —Zaccheo endureció su tono al añadir—: Tengo intención de hacer algunos cambios.

—¿Qué clase de cambios?

—La clase de cambios que impedirán que tengas que volver a prostituirte por el bien del gran legado Pennington. Deberías estarme agradecido, porque tengo la impresión de que tú eres la que ha cargado con todo el peso de tu familia sobre los hombros.

—¡Yo no me he prostituido! —replicó Eva, pálida.

—¿Y qué hacías ayer vestida como una fulana y celebrando tu compromiso con un playboy borrachín? ¿Acaso no era debido al dinero? —preguntó Zaccheo, molesto por la excitación que le producía pensar en el descocado vestido que llevaba Eva bajo el abrigo.

—¡No lo hice por el dinero! Bueno, en parte fue por eso, pero también lo hice porque...

—Ahórrame cualquier declaración sobre el «verdadero amor» —Zaccheo no estaba seguro de por qué aborrecía la idea de que Eva mencionara la palabra «amor», o el nombre de Harry Fairfield.

Estaba al tanto de la amistad de Eva y Harry y, aunque sabía que el compromiso solo había sido una farsa, no se le había pasado por alto la camaradería que había entre ambos.

Era cierto que estaba celoso. Eva iba a ser suya y de

los corazones más duros. La señora Hammond se ha quedado encantada ante la perspectiva de operarse de la cadera la semana que viene en lugar de dentro de un año. También ha ayudado que sea una romántica incorregible, y nuestra foto en la prensa también ha ayudado.

–¡No tenías derecho a hacer algo así! –protestó Eva, a pesar de que en el fondo también se alegró de que la señora Hammond pudiera ser operada antes de lo esperado–. Eso no ha sido más que una descarnada muestra de tu poder, pero te aseguro que no estoy impresionada. Sean cuales sean los crímenes que crees que hemos cometido, puede que ir a la cárcel sea mejor que este... secuestro.

–Te aseguro que ir a la cárcel no es algo con lo que se pueda bromear.

El tono con el que Zaccheo dijo aquello hizo que a Eva se le encogiera el corazón. Al mirar sus ojos percibió por un instante en ellos una intensa agonía. Le asombró que Zaccheo le hubiera permitido ser testigo de aquella desnuda emoción.

–¿De verdad crees saber lo que supone que te priven de tu libertad durante meses y meses? Ruega para que no te suceda, porque es muy probable que no pudieras sobrevivir a la experiencia.

–Zaccheo, yo... –Eva se interrumpió, sin saber qué decir.

Zaccheo movió una mano en el aire a la vez que volvía a adoptar su impenetrable máscara.

–Quiero que te instales cuanto antes y con el mínimo alboroto posible.

–¿Y a qué se deben esas prisas?

–Suponía que eso sería evidente. Tengo serios problemas de confianza.

–¿Y eso es culpa de mi familia?

–Me fie de tu padre y él me recompensó enviándome a la cárcel. Y tú estuviste a su lado todo el tiempo.

–¿Y retenerme en contra de mi voluntad forma parte de mi castigo?

–No tienes por qué quedarte –dijo Zaccheo con una sonrisa que no alcanzó sus ojos–. Tienes otras opciones. Puedes llamar a la policía y decir que te estoy reteniendo en contra de tu voluntad, aunque no creo que eso los convenza después de que más de trescientas personas te vieran corriendo detrás de mí anoche. Pero, si eliges irte, nadie alzará un dedo para impedírtelo.

–Pero eso en realidad no es cierto, ¿verdad? ¿Qué opciones reales tengo mientras tu amenaza siga pendiendo sobre la cabeza de mi padre?

–Deja que se las apañe solo si te consideras realmente inocente de todo eso. ¿Quieres irte? Esta es tu oportunidad.

Zaccheo volvió su penetrante mirada hacia la puerta del coche y Eva vio que ya habían llegado al emblemático edificio que había llevado a Zaccheo a su vida y que la había vuelto patas arriba.

La prestigiosa revista *Architectural Digest* lo había considerado una *obra maestra innovadora e increíblemente bella de la arquitectura contemporánea.*

Eva elevó la mirada por las paredes de acero elástico del edificio hasta el ático de Zaccheo. Su nuevo hogar. Su prisión.

Cuando, una vez fuera del vehículo, Zaccheo le ofreció su mano para ayudarla a salir, Eva dudó, incapaz de aceptar que aquel fuera su destino.

–Te encantaría que te ayudara a enterrar a mi padre, ¿verdad?

–Se va a hundir de todos modos, pero depende de ti que pueda recuperarse o no.